Ulysse DUMAS

Rêves

d'Hier

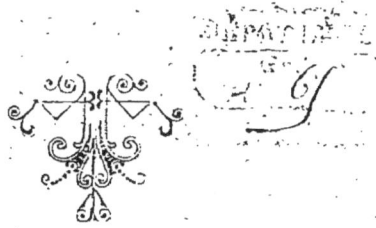

NIMES

IMPRIMERIE COOPÉRATIVE *LA LABORIEUSE*

Ruelle des Saintes-Maries, 7

·1898·

Ulysse DUMAS

Rêves ❧ ❧ d'Hier

NIMES

IMPRIMERIE COOPÉRATIVE *LA LABORIEUSE*

Ruelle des Saintes-Maries, 7

—

1898

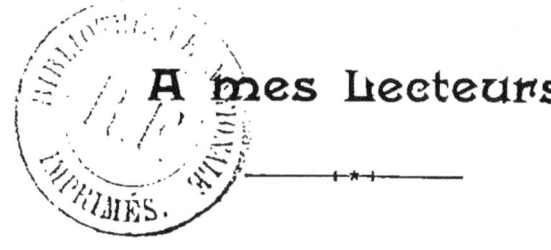

A mes Lecteurs

A ceux qui daigneront me lire
J'entends déjà dire ceci :
Il est incapable d'écrire.
Mais, hélas ! je le sais aussi !

Je sais que la bêche et la plume
Ne peuvent jamais s'accorder,
La première toujours consume
Ce que l'autre ne sait garder ;

Mais l'assassin commet ses crimes
Pour assouvir sa passion,
Pitié ! si j'aligne deux rimes,
Ma faute mérite pardon !...

Le Premier Pas

Je le déclare enfin, j'hésitai longuement ;
A la fin, cependant, ma plume se résigne,
Mais ma main tremble encor, et mon cœur palpitant
Semble me dire : « Arrête » à la première ligne.
Néanmoins, je poursuis, ferme et bien résolu,
Dispos à tout braver, quand une voix railleuse
Me murmure à l'oreille : « Insensé, que fais-tu ?
Tu trébuches déjà, la route est périlleuse... »
. . . .
Et ma plume aussitôt devient plus hésitante
Et je sens mon ardeur prête à s'évanouir.
Et je voudrais parler, mais ma voix impuissante
S'étouffe dans ma gorge et ne rend qu'un soupir.
Mais n'importe ! après tout, je veux lutter encore
Et bien qu'édifié sur le sort qui m'attend,
O Muse ! inspire-moi, que la rime sonore
Eclate sous ma plume et coule en un torrent ;
Car, je dois l'avouer, j'aime la Poésie,
L'image qui, fidèle et reflétant le cœur,
En chantant la gaîté, me fait aimer la vie
Et qui, dans la tristesse, adoucit mon malheur.
C'est pourquoi, maintenant, à ma flamme captive
Je donne son essor, mon cœur partout la suit,
Que vais-je faire ? hélas ! J'entends ma voix plaintive
Comme un écho lointain se perdant dans la nuit.

Fin de Siècle

Quand la reine des fleurs, à l'heure du réveil
Se dresse sur sa tige et sourit à l'aurore,
Puis ouvre son calice et reçoit du soleil,
En un tendre baiser, le rayon qu'elle implore.

Elle s'anime alors d'un éclat sans pareil,
La fille la chérit ; le papillon l'adore,
— Survienne un coup de vent — et son duvet vermeil
Se ternit tout à coup ; son parfum s'évapore.

Au contact du progrès, en ce siècle qui fuit,
L'honneur et la vertu se font une auréole
En troublant à dessein le monde de leur bruit ;

Et pendant ce temps-là, le probe se désole,
Maudit ce jour trompeur, car il comprend très bien,
Si l'on soufflait dessus, qu'il ne resterait rien.

Page Moderne

En ce monde où l'on fraternise,
Mon cœur en vain cherche un ami,
Rêve insensé qui, né, se brise
Contre ce monde réjoui.

Oui, bien heureux le solitaire
Qui, loin des hommes, près de Dieu
Vit, ignorant en cette terre
Ce qui poursuit l'homme en tout lieu.

Comme la clarté séduisante
Qui, vers la lampe, hors du rideau,
Guide le papillon, l'enchante
Et devient son propre tombeau.

Ainsi la vie est un dédale
Tout parsemé d'attraits trompeurs
Qui vont, sur la pente fatale,
Poussant et puis brisant les cœurs.

Et comme l'épine effilée
Sous la rose se cache et mord,
Bien souvent la coupe enviée
Du bonheur, cache le remords.

Partout le vice ronge, mine,
Partout il s'acharne ici-bas,
Vers l'avenir l'homme chemine
Ne se retournant même pas...
. . . .

Mais une voix sort d'une échoppe,
Une autre voix sort d'un palais,
Je brise ma plume et me tais,
Elles m'appellent : Misanthrope !

Aux Allemands

CHANSON

Ah ! vous pouvez le contempler
De vos prunelles dilatées.
Il sort pâle, mais sans trembler,
Des ruines ensanglantées.

Oui, vous l'aviez en spadassins,
Assassiné sur la grand'route,
De ce sang qui rougit vos mains,
Sachez qu'il conserve une goutte.

Il est vivant, il est debout,
Ecoutant l'orage qui gronde.
Il est calme en dépit de tout,
Mais si vous le poussez à bout,
Son bras soulèvera le monde !

Petit oiseau devient plus grand,
En France comme en Germanie,
La goutte est aujourd'hui torrent,
Votre race à jamais honnie.
Sachez qu'il garde, avec l'espoir,
Jusqu'à la revanche prochaine,
Sa colère pour l'aigle noir,
Son cœur pour l'Alsace-Lorraine.

Vous avez ri de ses haillons,
Suivez vos instincts cannibales,
Formez de nouveaux bataillons,
Fondez le plomb, coulez des balles.
Pour le droit, en dépit du fort,
Oui, sachez-le, telle sa tâche,
Il se battra jusqu'à la mort,
Le Français ne fut jamais lâche.

Et pour ce que vous avez pris,
Pris de sa chair, hideux vampires,
S'il succombait, ses derniers cris
Seraient encor pour vous maudire.
Mais il vivra, sachez le bien.
Voyez : jadis, un contre mille
Il a lutté, seul, sans soutien ;
Non ! son calme n'est point stérile.

Tremblez ! tremblez ! car cette fois
Vous avez mérité sa haine ;
Ecoutez donc monter la voix
De ceux qui dorment dans la plaine.
La voix fière de ses aïeux
Qui fait tremblotter la pervenche
Et dit d'un ton victorieux :
Français, debout pour la Revanche !

Il est vivant, il est debout,
Ecoutant l'orage qui gronde,
Il est calme en dépit de tout,
Mais si vous le poussez à bout,
Son bras soulèvera le monde !

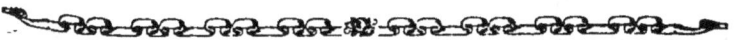

La Nature

Chantons le Grand, le Beau, l'œuvre de la Nature,
Car, en tout l'Univers nous retrouvons sa main.
Vibre encor ! ô ma Lyre ! en un élan soudain
Donne pour l'exalter la note la plus pure.

Son Génie à la fois me trouble et me rassure.
Car, l'oiseau sans semer trouve toujours un grain,
L'abeille sur la fleur se charge de butin,
A l'infime, au puissant, elle donne pâture ;

Et quand la plaine, au loin, resplendissante d'or,
Frissonne longuement sous l'œil de Messidor
Apportant aux humains une moisson de vie,

Ma pensée aussitôt s'élève vers le ciel,
Mon âme dans l'extase adore l'Eternel
Qui prodigue en tous lieux la sublime Harmonie.

L'Enfant

Qu'est-ce donc que l'enfant ? Demandez à la mère
Qui d'un regard jaloux veille sur ce berceau.
Ah! comme elle sourit à ce front rose et beau ;
C'est pour lui qu'elle vit, qu'elle attend, qu'elle espère.

Demandez à celui qui, baigné de sueur,
Apporte tous les soirs le gain de sa journée,
Bravant en ses desseins l'amère Destinée,
Sans se plaindre jamais d'un trop rude labeur.

Demandez au vieillard qui pleure et qui chancelle,
Pour qui ? ce vieux refrain qu'il retrouve parfois,
Si ce n'est pour répondre à la mignonne voix
Qui, du nom le plus doux, le caresse et l'appelle.

Et tous vous répondront : L'Enfant, c'est notre orgueil,
C'est le lien sacré, l'âme de la famille,
C'est l'unique rayon égayant la charmille
Qui cache à nos regards le vide du cercueil.

L'Enfant, c'est l'avenir, la joie et l'espérance,
O mères, pour lui seul gardez tout votre amour,
Dites-lui bien surtout qu'il doit nous rendre un jour,
Ses frères exilés du sein de notre France.

A la Mandoline

A M. Michel Pons.

Pourquoi ne pas répondre au généreux appel
De celui, qui touchant à la corde divine,
Fit vibrer sans effort notre cœur de mortel,
Créa, pour nous charmer, la douce Mandoline.

Ah ! que ce nom si tendre ait place sur l'autel,
Et que chacun de nous devant elle s'incline,
Mignonne, berce-nous d'un refrain éternel,
Que l'oiseau confondu déserte la colline.

Chante-nous le Printemps, la Jeunesse et l'Amour,
Caresse de ta voix notre âme qui délire
Et se croit transportée au céleste séjour.

De t'entendre le soir, la belle alors soupire
Et puis elle s'endort, en rêvant au bonheur
Que l'Harmonie apporte au fond de notre cœur.

A la Lyre d'Or

Salut à toi ! charmante Lyre,
Salut ! trésor du troubadour,
Exalte l'âme qui l'inspire,
Puis ses beaux chants remplis d'amour.

Chante avec lui, de ta voix pure,
Le Beau, dont son cœur est épris,
L'œuvre de la grande Nature :
L'onde, les bois, les prés fleuris.

Alors, le jeune à la voix grêle,
Trouvant en toi l'écho puissant,
Te gardera, Lyre fidèle,
Un souvenir reconnaissant.

Espoir et Désespoir

Pareil au naufragé que le flot en fureur
Menace à chaque instant de plonger en l'abîme,
Et dont en un clin d'œil la valeur se ranime
Quand point à l'horizon le pavillon sauveur.

J'allais seul dans la vie, abreuvé de douleur,
Quand je la vis — au front la tristesse sublime —,
Son regard éclaira — communion intime —
Ma pauvre âme égarée, en quête d'une sœur.

Et je crus au Bonheur me touchant de son aile.
Je me trompais, hélas ! Un soir, sous sa prunelle,
Une larme voila le feu de son œil noir,

Et la brutale Mort l'atteignit de son glaive.
Puis, quand vint le réveil, car, ce ne fut qu'un rêve,
Je vis, seul devant moi, le sombre Désespoir !

A Elle

A Mlle I...

A Mlle I...

Quand la voix du printemps fait frissonner la plaine,
    Et que le gai pinson
Redit joyeusement sa douce cantilène
    Dans la nuit du buisson.

Quand, sur la tendre fleur que le zéphyr balance,
    En gestes langoureux,
Le joyeux papillon pose, plein d'espérance,
    Un baiser d'amoureux.

Quad tout parle d'amour au sein de la nature,
    Sous la brise du soir,
Nous deux seuls en nos cœurs nous gardons la blessure
    D'un amour sans espoir.

Hélas ! le gai printemps pour nous n'a plus de charmes,
    Ses chants n'ont plus d'attraits,
Et qu'importe demain, riant ou plein d'alarmes,
    A nos regards distraits.

C'en est fait, maintenant notre jeunesse est morte,
    Nos rêves sont brisés,
Et, seul, un souvenir rendra notre âme forte,
    Celui de nos baisers.

Et pourtant, oh pourtant ! notre amour est immense
    Car, résistant au sort,
Rien ne l'affaiblira, le temps, ni la distance
    Et pas même la mort !

A l'ami que je cherche

Si Dieu t'a fait venir au monde,
Daigne répondre à mon appel,
Où que tu sois : au bord de l'onde,
Sur la montagne, près du ciel,
Car après toi je cours sans cesse.
J'ai beau chercher, mais c'est en vain,
Partout je trouve la tristesse,
Partout des pleurs et puis plus rien.

Où que tu sois en cette terre,
Où que te chasse ton malheur,
Mon cœur se proclame ton frère,
De par une même douleur.
Et quand tout fêtera les charmes
Du renouveau, du gai printemps,
Ami, nous unirons nos larmes :
Que le monde reste aux méchants !

Si tu souffres comme je souffre,
Montre ton visage attristé,
Et nous descendrons en ce gouffre
Où l'on dort pour l'éternité.
Car, de ce jour, puisque la vie
Pour nous, hélas ! n'a plus d'attraits,
La mort par avance est bénie
Et nous la suivrons sans regrets.

Véda

Dans la vaste clairière, autour du grand menhir,
Que leurs habiles mains ont vêtu de guirlandes,
Près du gui vénéré qui couvre les offrandes,
Les Druidesses vont, exaltant l'avenir.

Quand soudain, sans que rien ait pu les prévenir,
Un auroch a surgi.... Mais, par dessus les landes,
Véda dit : Sois maudit, il faut que tu descendes
Aux abîmes sans fond, pour ne plus revenir !

Blême, dans sa fureur de prêtresse outragée,
Elle s'élance, hélas ! son âme s'est vengée,
Mais son corps mutilé gise aux pieds de l'autel ;

Au loin, le chant sacré vibre encor dans l'espace,
Et sur le haut menhir une lueur qui passe
Illumine Véda d'un reflet immortel.

A Jeanne d'Arc

Sous le ciel empourpré du sang de ses défaites,
La France agonisait, maudissant le vainqueur,
En un râle dernier, qui remplit de terreur
Les grands bois attristés et les plaines muettes.

Et, contemplant les monts aux saillantes arêtes,
Jeanne, l'humble bergère, ayant au fond du cœur
Le courage et la foi des chevaliers sans peur,
Rêvait pour la Patrie un avenir de fêtes.

Elle apparaît soudain, le front resplendissant
De candeur et d'espoir. A son appel puissant,
La Nation renaît et l'Anglais se retire ;

Sois l'ange inspirateur de la postérité,
Toi, qui pour notre sol et pour sa liberté,
Sut vivre en héroïne et mourir en martyre !

Pasteur

Inclinons-nous, humains, c'est l'heure solennelle
Où le monde, à la fois triste et respectueux,
Regarde s'élever, grave, majestueux,
Ce nom auréolé d'une gloire éternelle.

O toi, dont le Génie, indomptable et rebelle,
Règne en maître puissant sous la voûte des cieux,
N'as-tu pas, certain jour, d'un geste audacieux,
Dans le foyer divin ravi quelque étincelle ?

Où n'as-tu pas, plutôt, dans le calme des nuits,
Epié longuement tous ces étranges bruits
Qui montent de la terre et s'en vont aux étoiles ;

Ces chants mystérieux qui font rêver parfois,
Dans lesquels la nature en modulant sa voix,
S'attendrit tout à coup et soudain se dévoile ?

La Charité

Elle s'en va, semant de ses doigts génèreux
Les trésors du printemps et les fruits de l'automne,
Sa main sèche les pleurs, tout en faisant heureux
Et celui qui reçoit et puis celui qui donne.

Une douce vapeur s'exhalait de la terre,
L'homme nouveau venu s'en allait lentement,
Ne se demandant rien ; ni pourquoi ? ni comment ?
Goûtant le vrai bonheur sans toucher au mystère.

Et tout autour de lui des fruits délicieux,
Qui se détachaient seuls s'il tendait ses mains blanches ;
Pour le désaltérer, limpide, sous les branches,
La source l'appelait en des accents joyeux.

L'oiseau, pour l'égayer chantait dans la verdure,
Du feu de son regard chaque être était charmé,
Et puis, un doux zéphyr au souffle parfumé,
Le frôlait constamment de son haleine pure.

Mais, dès que le péché l'eût chassé de l'Eden,
Un souffle se leva de discorde et de haine,
L'homme s'enfuit alors, courant l'immense plaine,
Et puis, quand vint le soir, il murmura : j'ai faim.

Une larme monta, qui rougit sa paupière,
Il crut voir dans la nuit l'ombre du châtiment,
Et, couché sur le sol, affamé, grelottant,
Pour la première fois, il connut sa misère.

Mais, Dieu voyant ses pleurs, créa la charité :
« Va vers l'homme, dit-il, ta mission est sainte,
Si tu peux épargner à sa lèvre une plainte,
Une larme à ses yeux, tout te sera compté ;

2

Tu vivras comme lui, tant que vivra le monde,
En quelque lieu qu'il soit, tu devras être aussi.
Et tu prendras ta part, car, je le veux ainsi,
Ta part de tous les maux que la terre féconde ».

Et, depuis ce jour-là, n'ayant plus de repos,
Elle s'en va toujours, partout, épiant l'heure
Où l'on a froid et faim, où l'on tremble et l'on pleure,
Sur l'humide grabat, dans le taudis mal clos.

Riches, donnez, donnez, pour ceux qu'elle protège,
Voyez sous son manteau le vieillard et l'enfant,
Ah ! ne repoussez pas la main qu'elle vous tend
Car, ne pas lui donner, serait un sacrilège.

Donnez, cœurs généreux, donnez, et que sa main
Ne se referme point, vide et désespérée,
Car, pour vaincre les maux dont elle est entourée,
Il faut des vêtements, et du bois et du pain.

Donnons, ces malheureux, ces pauvres sont nos frères,
S'ils souffrent maintenant, nous souffrirons tantôt,
Que la fraternité ne soit plus un vain mot,
Ne la délaissons pas pour suivre des chimères.

Donnons, donnons, donnons, entassons les bienfaits,
Et puis, le jour où las de ces gloires mondaines,
Nous aurons rejeté ces espérances vaines,
Nos cœurs s'endormiront sous un souffle de paix.

A Dieu !

O toi, que nul n'a vu, que nul ne peut connaître,
Toi, qui domines tout : l'univers et les rois ;
Lorsque j'étais enfant, certes, combien de fois
Dans le ciel étoilé, je t'attendis paraître.

Je m'incline, aujourd'hui, Seigneur qui nous fit naître,
J'ai fouillé, mais en vain, tes insondables lois,
Dans le feu des déserts, dans la nuit des grands bois,
Partout où j'ai passé, j'ai vu ta main de Maître ;

J'ai cru t'entendre, alors, d'un accent de bonté,
Nous souffler à chacun, le mot : Fraternité.
Et nous oublions tout, en ingrats que nous sommes.

Je reconnais en toi, le Père juste et bon,
Ce n'est que de toi seul que j'attends mon pardon,
Mon Dieu, je crois en toi, mais ne peux croire aux hommes.

La Source

Oh ! le matin que j'aime à voir,
Chassé par les feux de l'aurore,
Vers le ciel qu'il zèbre de noir,
Monter et puis descendre encore,

Que j'aime à voir ce tourbillon,
En ses vapeurs cachant la source,
Tourner ainsi qu'un papillon,
Puis, à regret, prendre sa course.

Et le ciel devenu serein,
A chaque branche du vieux saule,
Mille perles brillant soudain,
Font à la source une auréole.

Vert feuillage et bourgeon vermeil
Sur elle étendent leur égide,
Et, pour l'atteindre, le soleil
Ose à peine un regard timide.

Là, l'oiseau chante, radieux,
Caché par la feuille discrète,
Le papillon tourne, joyeux,
Et chaque fleur lui fait risette.

Oh ! j'aime le son cristallin
De l'onde pure qui bouillonne,
Emportant la fleur que ma main,
Au gré de son cours, abandonne.

Et je me plais à regarder
La racine verte de mousse,
Puis le talus, voulant garder
La pierre qui roule et s'émousse.

Et là, je viens m'asseoir parfois,
J'y trouve un parfum qui me grise,
J'aime le frisson de ses bois
Et le murmure de sa brise.

Et si je sommeille, tandis
Que l'eau coule, coule, sans trêve,
L'humble bergère de jadis
Vient quelquefois hanter mon rêve.

Et puis, si j'y reviens encor,
Quand du revers arrive l'heure,
Triste, l'arbre au front nimbé d'or,
Semble pleurer, lorsque je pleure.
. . . .

Là, bien des fois j'ai médité,
Et sondant mon âme indécise,
J'ai vu la sotte vanité
Que l'être humain en vain déguise.

Et je l'avoue, oui, j'ai souri
Quand il criait, d'une voix sûre,
Par son espoir bercé, nourri :
L'homme asservira la nature !

« Arrête-donc ! homme insensé,
Oui, ton œuvre je la blasphème !
Fais-la donc vivre, as-tu pensé
Qu'il faut résoudre ce problème ? »

Puis, je voyais, ouvrant les yeux,
L'arbre plus vert et l'eau plus claire,
La vie emplissant tous ces lieux,
De son insondable mystère.

A un Père

*A M. H..., sur la mort de son fils, victime
de l'expédition de Madagascar.*

Ah ! qu'ils ne viennent point, ces mots que je t'adresse,
    Raviver ta douleur ;
Certes, c'en est assez, et ta grande tristesse
    M'atteint au fond du cœur.

De par celui qui dort, inerte, sous la pierre,
    J'ai ton âme en pitié ;
Car, il me témoigna, durant sa vie entière,
    La plus douce amitié.

Il était, je le sais, ta plus chère espérance,
      Ton unique soutien ;
La mort, en le prenant, a fait un vide immense,
      Où l'ami ne peut rien.

Hier encore, la vie avait pour te séduire,
      Ses plus vives couleurs,
Et maintenant, hélas ! pour calmer ton délire,
      Il te reste des pleurs.

Le monde qui, jadis, caressait ta pensée,
      N'est plus rien à tes yeux,
Et sa place, dis-tu, doit rester effacée
      De ton front soucieux.

Mais il faut s'incliner quand c'est Dieu qui l'ordonne.
      Ah ! que pour le réveil
De ton âme engourdie, il te fasse l'aumône
      D'un rayon de soleil.

Et la brutale mort, emportant dans l'aurore,
      L'objet de tous tes vœux,
Peut-être, à nos regards, nous cache-t-elle encore,
      Son doigt mystérieux.

Qu'il dorme, ton enfant, puisqu'en paix il repose ;
      Son sort n'est-il point beau ?
Il est mort en soldat de la plus noble cause :
      Pour l'honneur du drapeau.

C'est l'orgueil dont le souffle enflamme tous les **braves**
      Et qu'on aime à revoir,
Quand, fiers, pour la Patrie, ils vont mourir, esclaves,
      Esclaves du devoir.

N'est-ce pas pour ton fils, un glorieux échange,
      Honorant son berceau ?
Son nom ira grossir l'héroïque phalange
      A côté de Marceau.

Au vieux Château de l'Arques

———×———

Glorieux messager d'une époque lointaine,
Oh ! combien j'aime à voir profiler dans la plaine
　　　Ton buste de géant,
Epiant tous les bruits que ton sein fait entendre,
Tu restes toujours là, comme pour la défendre,
　　　Debout et menaçant.

On dirait, de te voir contempler cette terre,
Que tu poursuis en vain, l'ombre d'un caractère
　　　Par le temps effacé,
Ou que, préocuppé de ta trop longue histoire,
Tu fais, à chaque instant, revivre en ta mémoire,
　　　Tout ton obscur passé.

Car, de ton front hautain qui brave les tempêtes,
Rien ne transpire plus des guerres, ni des fêtes,
　　　Dont tes murs ont tremblé,
Et plus rien, aujourd'hui, ne trouble ton silence,
Rien, si ce n'est le soir, de la forêt immense,
　　　Le monde rassemblé.

Ils sont morts, les vieux chants annonçant la victoire,
Quand tes fiers défenseurs, avides de la gloire,
　　　Descendaient dans les rangs.
Seul, le vent qui remplit le val de ses murmures,
Vient gronder, maintenant, par les larges blessures
　　　Ouvertes dans tes flancs.

Et quant aux alentours tout travaille sans trève,
Impassible et railleur, toi, tu poursuis ton rêve,
　　　Que rien ne peut trancher.
Sur ton socle, à jamais tu vivras solitaire,
Car, voyant ton dédain, la mousse, ni le lierre,
　　　N'osent point approcher.

Des siècles ont passé sans troubler ta pensée,
Emportant avec eux, dans leur course insensée,
Les générations.
Et parmi les premiers, ceux qui, sans défaillances,
Mirent en la valeur toutes leurs espérances
Et leurs ambitions.

Certes, si tu voulais, tu pourrais nous instruire,
Toi qui vis en tes jours s'écrouler maint empire,
Mais, tu restes muet ;
Tu gardes pour toi seul, jusqu'à l'heure dernière,
Où tes vieux murs branlants s'en iront en poussière,
Ton éternel secret.

Espérance

A Mlle H. G...

J'allais, errant dans la campagne,
A travers prés, bois et vallons,
Humant l'air pur de la montagne,
Qui m'arrivait en tourbillons.

La vigne avait donné ses grappes,
L'automne clos sa mission,
Et l'hiver, à grandes étapes,
Venait prendre position.

Le rossignol, loin du bocage
S'était enfui ; seul, maintenant,
Le roitelet, pour tout ramage,
Jetait son cri triste et perçant.

J'allais toujours, à l'aventure,
Triste, pensif et le cœur gros,
Cherchant dans la grande Nature,
La solitude et le repos.

Quand, sous un chêne séculaire,
Aux bras noueux et dénudés,
Un lit de mousse sur la pierre,
Frappe mes regards attardés.

Quand Avril égayait le site,
La bergère avait dû venir
Effeuiller une marguerite,
Pour lire dans son avenir.

Et, maintenant que la rosée
N'humectait plus le frais gazon,
La place, à jamais oubliée,
Avait vu fuir le papillon.

Mais qu'importe l'herbe flétrie,
Quand on a la tristesse en soi !
Ce lieu-là, pour ma rêverie,
Vaut mieux que la chambre d'un roi.

Autour de moi, l'arbre frissonne,
Ployant sous le froid aquilon,
Et la feuille qui tourbillonne,
Fuit vers le brumeux horizon.

Mon regard se perd dans l'espace,
Les objets dansent vaguement,
Et le cri d'un corbeau qui passe
Me semble un long gémissement.

Le bruit du torrent qui bourdonne,
Monte parfois jusqu'au plateau,
Couvrant de son bruit monotone,
La cloche d'un lointain troupeau.

On dirait qu'un vent de tristesse
Vient de souffler sur ces taillis,
Et le soleil, boudeur, sans cesse,
Reste caché dans le ciel gris.

Mais, dans la tristesse ambiante,
Plus triste encore vogue mon cœur
— Tel un navire en la tourmente —
Sans un ami consolateur.

Quand soudain, cruelle ironie,
Je revois le printemps fleuri,
Où, fêtant l'aube de la vie,
Mon cœur, jadis, avait souri.

Et les larmes coulent, brûlantes,
Dans mes chairs creusant leur sillon,
Chaos qui mêle, inconscientes,
Et ma douleur et ma raison.

. . . .

Alors, une voix glapissante
Emerge et puis me dit soudain :
« Enfant, tu pleures, moi je chante,
C'est moi qu'on nomme le Destin.

L'Univers, voilà mon royaume,
Je m'en vais par monts et par vaux,
Sur le palais, sur l'humble chaume,
Semant les bienfaits et les maux.

Et la part de chacun je donne,
Ne regarde point ton voisin ;
Songe que je n'omets personne,
Et que son tour viendra demain ».

Mais puis une voix calme et douce,
Vint et me dit : « Pourquoi pleurer ?
Ton cœur saigne sous la secousse,
Ne le laisse pas s'égarer.

Ecoute, enfant, les jours d'un homme
Se font de larmes et de pain ;
Oui, pleure, pleure, mais, en somme,
Pleurer n'est pas un lendemain.

La fleur fane sous la tempête
Et puis sourit au gai soleil,
Fais comme elle, courbe la tête,
Demain, ce sera le réveil.

L'Avenir te dit : Confiance,
Relève-toi, sèche tes pleurs,
La vie et moi sommes deux sœurs,
Et je m'appelle : l'Espérance. »

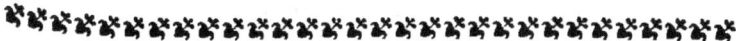

N'allez pas m'en garder rancune

Je suis cruel, en conséquence,
Je vous donnais un faux récit,
Quand je signalais ma présence
Le mois dernier pour celui-ci.
Et je vous le déclare ici,
Je n'avais pour votre infortune,
Ni pour vos peines, nul souci,
N'allez pas m'en garder rancune !

Non ! car depuis ce jour je pense
A mon projet trop réussi,
Et sans cesse, depuis l'offense,
Ma faute à mes yeux a grossi.
Par pitié, retenez ceci :
Que ma douleur n'est point commune,
Belle, soyez clémente aussi.
N'allez pas m'en garder rancune !

Déjà, le châtiment commence.
Figurez-vous que l'autre nuit,
Obsédé par votre vengeance,
J'ai fait le rêve que voici :
« Point de pardon, » m'avez-vous dit,
« De grâce, je n'en fais aucune,
Il en sera toujours ainsi ;
N'allez pas m'en garder rancune ! »

ENVOI

J'en suis encor tout étourdi,
Faute de rime, j'en crée une.
Un rimeur me dirait : merci,
N'allez pas m'en garder rancune !

Le Pari

RÉPLIQUE A M. J.-J. JULLIAN

Un pari s'est engagé entre le gascon Eliodore et le marseillais Hercule. Chacun doit avaler une pièce de cinq francs en argent. L'enjeu est de dix louis. — Le gascon commence, mais la pièce s'arrête bientôt et un apothicaire est obligé de la lui faire rendre ; le gascon dit qu'elle n'a pu passer parce qu'elle est *fausse* : l'écu était du Chili.

C'est le tour du marseillais :

Alors, Hercule dit : Mon bon,
Je vais te montrer, troun de laire !
Comment on gagne le pognon
Là-bas, sur notre Cannebière.

La République du Chili,
Tu dis que c'était une femme,
Vaut mieux pour toi, car son mari,
Bien sûr, t'aurait fait rendre l'âme.

Car, au Chili comme au Prado,
Tout comme aux bords de la Garonne,
La femme, je le dis bien haut,
Est créature fort mignonne.

Comme partout, le sexe fort
A de bien plus larges épaules,
Je te l'ai dit : tu serais mort,
Vaut donc mieux que tu te consoles.

Et pour te prouver, maintenant,
Qu'à pareil jeu je me dissipe,
Je prends cet écu bien sonnant,
Tu vois, c'est un Louis-Philippe.

Et j'y vais, sans plus de détours,
Hop ! L'écu glisse dans l'abîme,
Descend encor, descend toujours ;
Déjà l'auditoire s'anime.

Mais, soudain, le rond de métal
Vient de s'arrêter sans esclandre,
Il intercepte le canal,
Ne veut ni monter, ni descendre.

On voit rougir et puis bleuir
La face du vaillant Hercule,
Chacun dit : Faudrait en finir,
En le voyant qui gesticule.

Et voilà que, dans l'embarras,
Notre terrible apothicaire
Approche et se croisant les bras,
Dit : Vraiment, je ne sais qu'y faire !

Heureusement, qu'un serrurier
Va chercher, sans perdre la tête,
Une vrille en son atelier,
Puis, se gorgeant comme un trompette :

« Faites-moi place, tonne-t-il.
Et se mettant à la besogne :
« Maintenant, qu'on m'apporte un fil,
Ou bien victoire à la Gascogne.»

Digne et grave, autant qu'Orfila,
Vite, notre homme vous ramasse
Un brin d'osier qui rôdait là,
Fait un anneau, puis vous l'y passe,

Et d'un geste très exercé,
Que chacun trouve fort habile,
A travers l'écu transpercé,
Il pousse le tout à la file.

Et maintenant : attention !
Dit-il, c'est le moment suprême.
Il tire, mais l'écu tient bon,
Pourtant le fil en fait de même.

L'opérateur tire plus fort,
Trempé comme sous une averse,
Et voilà qu'un suprême effort
Vous le projette à la renverse.

Il se relève, vivement,
Et montre à toute l'assistance
L'écu qui voulait, peu clément,
Causer la mort de la Provence.

Et le Marseillais, rétabli,
Dit : Il serait passé, je jure !
Si nous n'avions fait un oubli :
De lui couper sa chevelure !

Oui, coupons-lui les cheveux ras !
Voilà ce que je te réplique,
Alors, sûr qu'il y passera,
J'avalerais plutôt ma chique !

Aux Alsaciens-Lorrains

Oh ! non, je ne viens point évoquer vos malheurs,
Alsaciens-Lorrains, car, certes, la tristesse
Que je lis sur vos fronts, que je lis dans vos cœurs,
Est loin de m'inspirer un hymne d'allégresse.

Voyez, j'ai comme vous des vêtements de deuil,
Comme vous, j'ai pleuré, j'ai souffert de vos peines,
Et mon cœur saigne encor, atteint dans son orgueil,
Quand je vois le Teuton germaniser vos plaines.

Je viens dire : Chassez ces souvenirs amers,
Ah ! n'abandonnez point la divine espérance,
L'heure approche, demain verra briser vos fers
Sous l'effort de nos bras unis pour la vengeance.

Ah ! certes, comme vous je me suis dit parfois :
Hélas ! n'est-il point vrai que la France sommeille ?
Mais aussitôt : « Non ! non ! » répondait une voix,
La France ne dort pas, tant que l'Allemand veille.

La France se recueille, et quand viendra le jour,
Marqué dans l'avenir par la sainte justice,
A force de travail, de courage et d'amour,
Elle fera sonner l'heure libératrice.

Puis, d'un élan joyeux, reprenant son essor,
Elle redeviendra la France de l'histoire ;
Roland et tous ses preux viendront sonner du cor,
Mais le cor, cette fois, chantera la victoire.

Vos maux, ne seront plus que vagues souvenirs,
Et sous l'œil maternel qui sourit et console,
Tous les peuples unis, sur vos fronts de martyrs,
Poseront gravement une triple auréole !

Avril

Vive l'Avril frais et joyeux,
L'Avril à la robe pimpante,
Qui dit, d'une voix éclatante :
J'apporte à tous des jours heureux.

L'Avril, au zèle merveilleux,
L'Avril dont la sève puissante
Va semer la fleur élégante
Jusque dans les sentiers ombreux.

L'Avril, la tendre symphonie
De mille voix fêtant la vie
Et le Printemps aux ailes d'or.

L'Avril, que chaque cœur vénère,
Qui dit à l'amoureux : Espère,
Puis, au poète : Chante encor !

L'Amitié

Sur moi s'abattit, l'autre soir,
Un essaim de pensers moroses ;
A travers mes paupières closes,
Demain paraissait triste et noir.

Et je me voyais seul, en butte
A tous les vices, aux méchants ;
Mes efforts étaient impuissants,
J'allais abandonner la lutte.

Et déjà, se glissait l'effroi
En mon âme soudain peureuse,
Quand une forme vaporeuse
Surgit tout à coup devant moi.

Son visage, indécis encore,
Laissait deviner la douceur,
La timidité d'une fleur,
Et puis la grâce de l'aurore.

Et sa voix me fit tressaillir
Tant son harmonie était tendre ;
Elle me dit : « Je viens te prendre,
Allons-nous en vers l'avenir. »

Et, dans son zèle infatigable,
Elle disait, guidant mes pas :
« Ma bonté ne s'épuise pas,
Car j'ai l'âme fort charitable.

Je suis tous les hommes de cœur,
Et c'est pour eux que je déploie,
Dans la tristesse et dans la joie,
Toute ma force et mon ardeur.

Avec mon aide et l'espérance,
Tu pourras braver le Destin ;
O frère, donne-moi ta main
Et j'apaiserai ta souffrance ! »
. . . .
O toi qui m'a pris en pitié,
Qui que tu sois, tendre Inconnue,
Je t'appelle la Bienvenue.
Elle dit : « Je suis l'Amitié ».

Retour à Dieu

L'inquiet voyageur retrouve enfin sa route,
Mais, plus heureux que lui, j'ai retrouvé la foi,
De mon cœur, à jamais ayant banni le Doute,
    Mon Dieu, je viens à toi.

Je le sais, maintenant, la vie est un mirage,
Et j'avais cru, pourtant, y trouver le bonheur ;
Aujourd'hui, le réveil m'ayant rendu plus sage,
    Je bénis ma douleur.

Je bénis ma douleur qui vers toi me ramène,
Toi, que dans mon orgueil j'avais presque oublié,
Et ma lèvre, aujourd'hui, vient murmurer : je t'aime,
    Dieu que j'ai renié.

Et je courbe le front, tout prêt au sacrifice ;
Pourquoi troubler l'écho par des pleurs superflus ?
Que, désormais, sur moi ta main s'appesantisse,
    Je ne me plaindrai plus.
. . . .

Devant l'Immensité qui partout te proclame,
Sous le ciel embrasé qui me met en émoi,
Résolu désormais et le calme dans l'âme,
    Mon Dieu, je viens à toi !

Accepte mon amour

ROMANCE

———— ┣─✕─┥ ————

*A M*ⁱˡᵉ *L...*

Vers le zénith, vois l'oiseau qui s'élance,
Le papillon qui vole vers la fleur,
Le gazon vert, symbole d'espérance,
Mais pourquoi donc ce sourire moqueur ?
Tu dis : demain, les fleurs seront plus belles,
Mon avenir s'ouvrira radieux,
Et le zéphyr me donnera des ailes,
Pour explorer le ciel mystérieux.

Quand tout aime,
Vouloir fermer son cœur,
C'est un blasphème
Pour Dieu le créateur.
Crois-moi, la vie
Ce n'est qu'un jour ;
Je t'en supplie,
O mon amie,
Accepte mon amour.

Et n'as-tu pas, en ton âme si tendre,
Pleuré parfois, sur un jour sans soleil ?
N'as-tu jamais gémi pour te défendre
Des spectres noirs d'une nuit sans sommeil ?
Et puis, l'hiver, quand souffle la tempête,
N'as-tu pas plaint l'exilé qui, là-bas,
N'a qu'un rocher pour reposer sa tête,
Sans un ami pour le prendre en ses bras.

Quand tout aime,
Vouloir fermer son cœur,
C'est un blasphème
Pour Dieu le créateur.
Crois-moi, la vie
Ce n'est qu'un jour,
O mon amie,
Accepte mon amour.

C'est le printemps, écoute la Nature,
Vers son autel, oui, glissons à genoux,
Et devant Dieu, sur ta lèvre si pure,
Je cueillerai le baiser plus doux.
Puis, nous irons, enivrés par l'extase,
Tous deux, bercés par un rêve enchanteur,
Vers l'Infini, sur des ailes de gaze,
Oui, nous irons retrouver le Bonheur.

Quand tout aime,
Vouloir fermer son cœur ;
C'est un blasphème
Pour Dieu, le créateur.
Crois-moi, la vie
Ce n'est qu'un jour,
Je t'en supplie,
O mon amie,
Accepte mon amour.

Exhortation

A Mlle H. G...

A Mlle H. G...

Quand on a, comme vous, la beauté, la jeunesse,
Quand on a, comme vous, les charmes du printemps,
L'insouciance encor, comme l'oiseau des champs,
La grâce d'une fleur que la brise caresse.

Quand la Muse pour vous est pleine de tendresse,
Pourquoi ne pas donner cours à vos sentiments ?
Pourquoi donc hésiter ? Tous les cœurs sont cléments
Quand un luth fait vibrer sa voix enchanteresse.

Chantez ! et que vos vers, en un joyeux essor,
Montent au front du ciel brillant d'azur et d'or,
Chantez le Grand, le Beau, chantez encor, sans trêve,

Si l'amour, ici-bas, donne seul le bonheur,
La Poésie en nous verse la paix du cœur,
Puis elle élève l'âme et la conduit au Rêve.

Résignation

H élas ! j'aurais voulu, d'une plume légère,
E xalter en mes vers, tout ce que l'on vénère :
L 'Amour et la Vertu, l'Honneur, puis le Devoir.
E t je vais désormais, résigné par avance,
N 'ayant plus d'avenir, n'ayant plus l'espérance,
E mportant en mon cœur, un morne désespoir.

Table